LA BOUSSOLE

DU

MARIAGE.

L'Homme ne doit point se mêler des détails du ménage.
— Il faut qu'une Femme puisse se plaire dans son inté-
rieur.

(MONTESQUIEU, Grand. et Déc. des Romains.)

THÉORIE-POËME EN HUIT LEÇONS.

LA BOUSSOLE
DU MARIAGE

ou

L'ART POÉTIQUE DE BOILEAU

REVU ET DÉTÉRIORÉ

PAR UN VIEUX ROMANTIQUE.

Douze Gravures par Porret.

PARIS.

CHARPENTIER, LIBRAIRE,
Palais-Royal, galerie d'Orléans, 7.
1841.

DÉNONCIATION.

Belle Nina, les bons comptes font les
bons amis ; vous m'avez entraîné à con-
sommer la petite profanation dont j'ai
l'honneur de vous adresser ici copie, par

les promesses les plus explicites que vous trouveriez réponse à tous les reproches auxquels elle pourrait être en butte ; — maintenant que voilà l'œuvre, à vous donc la parole pour la défendre.

Comme je vous en ai prévenue, Nina, il va arriver que la nation classique s'indignera de ce qu'on a osé martyriser son chef dans celui de ses monumens littéraires dont elle se pare avec le plus d'orgueil, et loin d'être apaisée par l'hommage fait à ce chef de l'œuvre nouvelle sortie de cette torture, elle traitera peut-être encore d'ironie ajoutée à l'outrage ce simple acte de vérité et de justice.

Tenez-vous donc bien prête de tout

point, belle Nina, à être ma sauve-garde
conformément à vos promesses : vous savez comment vous m'avez enfin décidé à
porter la main sur l'Arche sainte, combien
vous y avez eu de peine, que j'ai résisté à
deux reprises différentes, à une longue
bouderie de votre part, et que ce n'est
qu'en employant la perfide influence d'un
système soutenu de cajoleries que vous
m'avez enfin vaincu. — Dites donc bien
d'abord tout cela à tous ceux qui se pré-
senteront; — car je vous les renverrai
tous; critiques, classiques, public même,
je renvoie tout à vous, à vous en personne.

Tant pis pour vous, Nina, si vous aviez
pensé en être quitte pour m'adresser les
réponses à faire à tout ce monde : Eh!

mon Dieu, quelque victorieuses que fussent ces réponses, elles avanceraient peu ma cause, transmises par moi, au lieu que s'ils vont les recevoir de votre bouche, Nina, la cause sera à demi-gagnée avant que vous ayez fait autre chose que sourire.

Car ils verront alors, ces classiques si prompts à s'indigner, ces critiques si lestes à blâmer, s'il était facile à ma pauvre et débile raison de résister à ce que demandaient ces yeux, à ce qu'ordonnait cette bouche, à ce que voulait ce sourire, et si ce n'est déjà pas un effort, dont on doive me tenir grand compte que celui d'avoir fait une résistance de deux grands mois.

Si cependant, non encore tout-à-fait

désarmés par les grâces de votre accueil,
ils se prenaient à vous dire, — le critique
assez doucement : « Mais, Madame, enfin
» ce vieux bonhomme n'avait-il donc rien
» de mieux à faire qu'une pareille baga-
» telle? » — Et le classique avec un reste
de fureur : « Madame, vous êtes fort jolie,
» on ne peut plus charmante; mais enfin
» notre patriarche est abîmé, Madame, et
» ce n'est pas ainsi qu'on s'arrange. Que
» diable, votre protégé pouvait bien choisir
» un autre champ de ses amusemens que
» Boileau..... et surtout que l'Art Poéti-
» que..... »

Dans ce cas et à ces discours, Nina, vous
auriez bien, je pense, quelque petite chose
à répondre.

Ainsi, vous pourriez sans doute d'abord fort bien dire au critique, que, bagatelle ou non, ce que j'ai fait vous avez voulu que je le fisse, quitte à ajouter, si cela ne lui suffisait pas, ce qui indiquerait déjà un assez beau manque de savoir - vivre, qu'au surplus, cette bagatelle aura toujours l'agrément pour ceux qu'elle concerne spécialement, c'est-à-dire les jeunes époux et les amans sur le point de le devenir, de les occuper l'un de l'autre : et qui sait même, pourriez-vous dire encore au besoin, si cette bluette n'est point peut-être aussi destinée à quelque brin d'utilité! qui sait, peut - être la belle phraséologie de l'art poétique, dans laquelle elle encadre, avec le moins de perte d'harmonie qu'il a été possible, des maximes jusque-là si difficiles à fixer dans la mémoire des maris, sera-t-elle pour eux un puissant auxiliaire qui, leur rappelant ces maximes à temps dans les conjonctures délicates, les mettra suffisamment en garde contre toute rupture de l'équilibre constitutionnel dans le ménage : or, je vous le demande, ne serait-ce rien que cela ?

Et ce disant, Nina, vous termineriez par retourner le critique, que nous supposons marié, à sa femme, bien et dûment muni de deux exemplaires de *la Boussole* et de votre prière d'avoir seulement la bonté de vérifier par lui-même votre assertion touchant l'utilité qu'il est possible d'en tirer en ménage, avant que d'en trop médire.

Et quant au classique, eh bien ! Nina, vous vous désoleriez d'abord un peu avec lui, si vous le croyiez convenable, sur le pitoyable état dans lequel nous avons vraiment réduit le chef-d'œuvre de son prophète, mais en protestant que ce n'est qu'un accident auquel la volonté n'a eu aucune part, que nous aurions bien voulu pouvoir faire mieux; après quoi, arrivant à lui faire envisager aussi, comme tout à l'heure au critique, les petites chances d'utilité pour les maris que notre méfait ne laisse pas que d'avoir en fin de compte en sa faveur, vous l'amèneriez adroitement à réfléchir qu'à tout prendre, si les choses tournaient ainsi, il n'en pourrait résulter pour son empereur qu'un surcroît d'honneur, que la mise encore plus en relief de son talent, si toutefois il est possible, vous hâteriez-vous de dire, de concevoir qu'il puisse être encore ajouté à sa gloire, à sa sublime gloire, à..... etc., etc.; et si le classique ne se montrait pas apaisé par tout cela, ma foi, Nina, vous auriez encore une ressource, ce serait de renvoyer purement et simplement ce Monsieur à certaine Satire X de son beau patriarche, en lui disant qu'au fait, si vous avez voulu voir Boileau réduit à l'état où le voilà, c'est pour votre juste satisfaction et pour avoir vengeance au nom de tout le sexe de cet abominable tour, et pas autre chose.

A quoi, belle Nina, le cher classique n'aurait évidemment plus le petit mot à dire, à moins qu'il ne voulût décidément radoter.

Voilà donc qui va assez bien jusqu'ici, et, critique d'une part, classique de l'autre, me semblent avoir passablement leur compte ; mais ce n'est pas tout, Nina ! ce n'est même pas le plus difficile qui est fait ; il y a encore cet autre troisième personnage dont je vous parlais tout à l'heure, vous savez, quand je vous disais que je renverrais tout à vous, classiques, critiques , public même. — Eh oui, le public, Nina, voilà le grand point. Voilà où il ne s'agit pas de plaisanterie ; voilà où vous avez besoin de toutes vos ressources , de toute votre adresse, de tout votre savoir, de tout votre esprit, de toutes vos grâces.

Nous nous sommes hasardés devant Sa Majesté sur la seule foi du vers de Voltaire :

Tous les genres sont bons hors le genre ennuyeux.

Or, pourrez-vous jamais , Nina , même avec tout l'arsenal que je viens de dire, faire si bien que cette allégation suffise à contenter notre juge de tout point? Je le souhaite et vous laisse avec lui, c'est une attention qui ne peut que le bien disposer en ma faveur.

Au revoir donc , belle Nina, et à tout événement vous pouvez compter sur ma non-rancune , tant il est dans ma destinée d'être à jamais, et sans broncher, tout le long de mon pauvre restant de vieux jours,

Votre parfaitement soumis
et dévoué serviteur,

L. ACHEM.

Paris, 15 avril 1841.

Leçon Première.

SOMMAIRE.

Trois points sont d'une nécessité capitale chez tout aspirant à l'Hymen. 1° Avoir de la vocation; — 2° Se bien assortir; — 3° Ne point s'aventurer sans budget.

C'est en vain qu'en ménage un naïf débutant
Pense à l'art d'être époux atteindre en un instant ;
S'il n'a reçu du ciel le bien bel avantage
D'être au monde venu fait pour le mariage,
Il s'est mis à jamais dans la nasse, et Junon
Pour lui restera sourde à l'appel de son nom.

O vous donc, que chatouille une amoureuse flamme,
Vous, qui de Cupidon arborez l'oriflamme,

N'allez pas dans l'hymen d'abord vous enfermer,
Et croire bravement qu'il vous suffit d'aimer;
Des charmes du moment craignez le vain fantôme,
Et voyez bien s'ils ont vraiment un second tome.

La nature, fertile en nubiles tendrons,
Pour le choix des futurs les groupe en escadrons :
L'un adresse ses vœux aux blondes langoureuses,
L'autre à l'essaim bruyant des vives amoureuses,
Celui-ci se plaît mieux aux femmes à romans,

Celui-là prend parmi les bourgeois sentimens :
Mais plus d'un maître fou croit racheter sa vie,

Et fait, pour la dernière , une immense folie :
Ainsi tel que l'on vit, au bras de Frétillon,
Long-temps des bals masqués le joyeux papillon,
Un beau jour est saisi de l'amende honorable,
Marche à l'autel, épouse un être inexorable,

Aux pieds de cette altesse abdique son vrai dieu,
Et rentre se noyer dedans le pot-au-feu.

Quel que soit notre choix, ou sublime ou frivole,
Réglons le positif avant la faribole :
Ce n'est pas que l'amour ne doive qu'obéir,
Mais il faut, avant tout, le positif ouïr :
Qu'avec le positif d'abord il s'évertue,
A son aspect l'amour par degrés s'habitue,
Puis on le voit enfin, de l'avoir tout joyeux,
Loin d'en être gêné, ne s'en porter que mieux :
Mais supposez un peu le positif en fuite,
Et, pour le rattraper, l'amour court à sa suite.
Soignons donc le solide, et que l'hymen, toujours,
Ne s'avance pour nous qu'armé de son secours.

Un tas d'écervelés, enragés de belle âme,
Au-dessous de zéro s'en vont prendre une femme :
Ils croiraient aux amours faire un outrage affreux,

Si des soins de la vie ils parlaient devant eux.
Evitons ces excès; laissons bien au collége
De ces grands sentimens l'incroyable manége.
Tout doit tendre au bonheur : or, pour y parvenir,
L'hôpital est d'un bord du chemin à tenir,
L'union sans amour fait l'autre précipice ;
Entre eux gare au futur dont le pied manque et glisse.

Leçon Deuxième.

SOMMAIRE.

Éviter, mari nouveau, d'excéder sa femme d'attentions , dé-
faut ordinaire du genre ; — Mettre de la variété dans les
formes de son amour ;— Le garer également de trop de cha-
leur et de trop de retenue.

Nota. Dans cette leçon et les deux suivantes, l'aspirant est passé
à l'état de mari, et l'on s'attache à lui tracer en détail sa ligne de
conduite sur les points principaux.

L'époux nouveau, souvent trop à sa moitié,
L'assomme, on ne peut mieux, de son amitié :
Sort-elle en promenade : « As-tu bien vu, ma femme,
» Si le temps est séant pour le corps et pour l'âme?
» Va bien tranquillement, et ne fais rien qu'un tour,
» Tu prendras tel chemin, tu suivras tel détour.....»

Il mesure les pas d'allée et de venue,
Prévoit tout accident, toute déconvenue ;
Elle part lestement, pour respirer enfin;
Il la poursuit encore au travers du jardin.
Fuyons de ces débuts l'empressement stérile,
Ne faisons, quant aux soins, que le vraiment utile,
Tout ce qu'on fait de trop est fade et rebutant,
Le caractère y perd, et l'amour presque autant.
Qui ne sait se borner ne vaut rien en ménage :
Souvent la peur d'un mal... (on sait quel est l'adage);
Vous étiez par trop gai, vous voilà soucieux ;
Je crains d'être empressé, je deviens précieux ;
L'un n'est point affecté, mais sa tendresse est nue ;
Fuyant l'air commun, l'autre aime à perte de vue.

Voulez-vous d'une épouse entretenir l'amour?
Que le vôtre sans cesse emploie un nouveau tour ;
La cour d'un mari doit varier en sa forme,
De crainte que bientôt l'autre cœur ne s'endorme :

Ce n'est que chez l'amant, fort de bien plus d'attraits,
Que femme aspire à voir toujours les mêmes traits.

Heureux l'époux qui sait à propos dans sa flamme
S'élever du plus doux au plus chaud ton de l'âme ;
Sa femme sentira que tous adorateurs
Ne sont auprès de lui que de fades acteurs.
Mais quelques feux qu'on peigne, arrière la licence ;
Dans ses emportemens, l'amour a sa décence.
Au temps de la Régence, un cynisme effronté,
Au mépris de ces lois, plut par sa nouveauté :
Toujours ivre et vivant de pointes triviales,
L'amour prit, en jurant, les procédés des halles ;
L'hymen se vit traité du dernier sans-façon,
Junon, à chaque instant, en prenait le frisson :
C'est partout qu'on voyait cette ignoble méthode ;
Chez les princes, l'amour n'avait pas d'autre code,
Le plus grossier mari fut le plus approuvé ;
Le mal était si grand qu'on croit l'avoir rêvé.
Une cour aux abois avait pris cette allure,

Quatre-vingt-neuf y mit une fin par trop dure ;
La décence revint, et la corruption
S'en alla respirer l'air d'émigration.
De ces mœurs à jamais sauvons notre ménage,
Chez Demoustier cherchons notre seul badinage,
Et laissons le cynisme à qui n'a point de cœur.

Mais d'une épouse aussi redoutez l'œil moqueur ;
N'allez point, puritain de la galanterie,
L'aimer béatement, comme en chevalerie,
Prenez mieux votre ton : hardi timidement,
N'essayez rien en maître, osez tout en amant.

Leçon Troisième.

SOMMAIRE.

Faire céder la volonté de sa Femme à la raison, devoir de la profession tout à-la-fois le plus indispensable et le plus délicat ; — Esquisse des diverses phases du sort des Femmes en France dès les premiers temps de la monarchie jusqu'à nos jours ; — Date de la phase actuelle ; — Excellence de son ton sur ceux des autres phases ; — Justes bornes de ce ton.

Ecartons avec soin tout ce qui peut déplaire,
Mais, sil e bien l'exige, il faut être sévère;
Qu'à nos vouloirs toujours le droit sens présidant
Accorde avec mesure, et rogne l'excédant.

5

Gardez qu'une faiblesse, à courir trop hâtée,
Ne vous rende bientôt votre femme gâtée.

Il est un heureux ton de sage et doux refus ;
Ne soyez point trop sec, ne soyez point diffus :
Sensible ou susceptible, une femme froissée
Ne compte plus pour rien la plus juste pensée.

Durant les premiers ans, l'hymen, chez les Français,
Ne vit pas que pour lui l'on se mît en grands frais ;
Le mari s'occupait ou de chasse ou de guerre,
Sa femme cependant lui labourait sa terre.
Clovis sut, le premier, adoucissant ces mœurs,
Aux épouses des Francs rendre quelques honneurs ;
Puis la chevalerie, arrivant à la suite,
Par les jeux, les tournois, les trouvères conduite,
Sous de nombreux statuts elle abrita l'amour ;
En despote on le vit s'ériger à son tour.
La renaissance, après, par une autre méthode,
L'amalgamant de tout, fit la femme à sa mode,

Èt l'accoutra vraiment du plus drôle destin,
Français au fond, de forme encore goth et latin.
Par un brusque retour, on vit, au suivant âge,
Tomber tout ce fatras et tout cet étalage ;
Cette chute de haut laissa pendant un temps,
Les destins de la femme indécis et flottans.

Henri Quatre à la fin parut (1) ; dès-lors, en France,
De la galanterie on connut la science :
A la femme il donna sur l'époux un pouvoir,
Il sut en même temps lui tracer son devoir;
Par ce monarque époux, chacun ayant sa place,
Des luttes du passé disparut toute trace;
Les deux sceptres ensemble apprirent à traiter,
Un rôle n'osa plus sur l'autre empiéter.
Tout reconnut ces lois; l'amant de Gabrielle,
Sauf ses royaux écarts, sert encor de modèle :

(1) C'est le 13 décembre 1553 que le moutard Diable-à-
Quatre téta sa première bouteille de Bordeaux.

Marchons donc sur ses pas : aimons ses francs dehors,
De sa joyeuse humeur imitons les abords;

Si le sens de nos vœux tarde à se faire entendre,
Notre femme le voit, ne sait à quoi s'attendre,
Et, de nos airs douteux prompte à se détacher,
Nous laisse en nos désirs nous-mêmes nous chercher.

On connaît des maris que leur humeur morose
Empêcha de jamais rien colorer en rose;
Un éclair de gaîté n'a jamais lui pour eux.
Avant que d'épouser, ayons l'esprit heureux;
Suivant que je serai plus ou moins agréable,
Ma femme me suivra plus douce ou moins traitable :
Un mari toujours gai, c'est un heureux amant;
Les caresses lui vont pleuvoir tout joliment.

Pourtant de nos ébats écartons la folie;
Le grand rôle d'époux ne veut pas qu'on l'oublie.
Vainement serions-nous bons sur tout autre point,
La femme qui pour nous doit porter le pourpoint
Ne saurait plus goûter un seul plaisir tranquille;
Elle craindrait toujours pour notre esprit fragile.

Sans la culotte enfin, le mari le meilleur
Est toujours, quoi qu'il fasse, un mari sans valeur.

Leçon Quatrrième.

SOMMAIRE.

A nos droits de conseil ne donnons exercice
Qu'en y réfléchissant; prenons garde au caprice :
Mari, qui d'abord gronde, est exposé très fort,
Pour ne s'excuser point, à pallier son tort.
J'aime bien mieux celui qui, quoiqu'il ne conserve
Nul doute, parle encor pourtant avec réserve,

Qu'un étourneau d'époux qui corrige au hasard.
Femme reprise à tort fait la faute plus tard.
Soyons donc posément, mais sans relâche, à l'œuvre ;
Vingt fois, sur un travers, qu'une adroite manœuvre
Lance un mot en passant : rien n'a moins l'air mentor,
Et l'on peut insister encor et puis encor.

C'est peu qu'en une femme où les défauts fourmillent
Quelques traits de bon cœur de temps en temps pétillent:
Il faut que la raison règle ses mouvemens,
Qu'elle ait la moitié de tous ses sentimens,
De façon que sa vie, ainsi bien présidée,
Ne soit d'aspérités nulle part saccadée.

Que surtout votre femme évite avec grand soin,
Pour trouver de l'esprit, d'aller chercher au loin.

Craignez du sot époux le public ridicule;
A veiller sur vous-même apportez du scrupule,
Le sot ne sait rien voir en lui que de parfait.

L'aide d'un sage ami peut être un grand bienfait ;
Pourtant il ne faut point qu'il soit célibataire,
Autrement il vaudrait mieux encore se taire.
Cherchant autour de vous ce zélé scrutateur,
Sachez donc de l'ami discerner l'amateur;
Tel semble vous aimer qui vous hait et vous joue,
Et ne dit pas en vous ce que vraiment il loue.

L'amateur est celui que j'entends s'écrier,
A vos peurs de faillir : *c'est vous calomnier*,
Qui trouve tout très bien et fait avec justesse,
Qu'aussi votre ménage, *il faut qu'il le confesse*,
Est si beau qu'on n'y peut rien vouloir autrement.
Votre femme a cet homme, à coup sûr, pour amant.

Ah ! ce n'est pas ainsi que s'y prend l'ami sage :
Il n'est pas un seul point sur lequel il ménage,
Il fait toucher au doigt chaque imperfection,
Dit où l'on a mis trop ou trop peu d'action,

A son point de raison ramène chaque chose ;
« Votre femme a de monde une trop forte dose ;
» Ici, c'est sur un rien que vous la tourmentez ;
» D'autres points n'ont par vous pas été médités. »
Voilà comment nous parle un ami véritable :
Mais alors un mari souvent est peu traitable ;
Sur la guerre qu'ainsi voudrait lui faire autrui,
De son système il va se poser en appui.
— Il faut ne point souffrir, direz-vous, ces grimaces.
— Sans doute, mais mon cher, elle y met tant de grâces,
Répondra-t-il d'abord. — J'aime peu ce cousin,
Je l'éconduirais. — Lui, c'est mon meilleur voisin.
— Ce bal ne me plaît pas. — Oh ! c'est tout sans malice.
Ainsi de suite ; il faut que bientôt on finisse,
Ou bien, sans arriver à l'avoir éclairé,
On s'en serait rendu l'ennemi déclaré.
Cependant, à l'entendre, à votre expérience
Il avait eu recours, en pleine confiance.
Mais tout ce beau discours n'était qu'un compliment
De celui qu'il cherchait anticipé paiement.
Il prend congé de vous, et content de lui-même,

S'en va flairer ailleurs gens qui le soient de même.
Il en trouve toujours; car, à compter les loups
Que partout sur leurs pas font surgir ces époux,

Ils feraient pour la cour, Paris et la banlieue,
En ligne sur deux rangs, plus d'une fois la lieue.

Puis chaque loup n'a pas qu'un agneau seulement,
De façon que l'on peut avancer hardiment
Qu'un sot mari, partout au chemin de la vie,
Saura se trouver douce et grande compagnie.

Leçon Cinquième.

SOMMAIRE.

Démonstration nouvelle, par un exemple, de la nécessité de la vocation maritale. — Triste mari que celui qui n'a point quelque EN-TRAIN dans le caractère.

NOTA. A partir de cette Leçon, le poème en revient au traité ébauché dans la première, des principes propres à guider l'aspirant-mari dans son entreprise, matière qu'il reprend en sous-œuvre et complète de tout point.

Dans sa province, un jour d'hymen un apprenti
merchait de toutes parts un sortable parti :

4

Il vous mit en émoi mainte et mainte famille;
Chaque mère avait craint pour la paix de sa fille,
Sans qu'au galant aucune eût paru de tout point
Ce qu'il lui fallait : l'une avait trop d'embonpoint,
L'autre était-maigre, ailleurs c'était une autre chose :
A pas une il n'avait manqué d'avoir sa glose.

Il quitte enfin l'endroit, qui le maudit en chœur.
Un seul ami, n'ayant ni cousine, ni sœur,
Lui reste qui l'emmène en un lointain voyage
Qu'au printemps, franc viveur, il avait en usage :
Notre amoureux d'abord semble né dans ces mœurs,
Fait et tient des paris, passe tous voyageurs
En contes et propos d'aventure et de chasse ;
Dans les hôtels aussi, nul n'atteint son audace,
Il a mille bons tours de joyeux compagnon ;
Le second jour déjà, si loin est le guignon
Qu'en en parlant, l'ami le lui met en mémoire.
Enfin, pour abréger cette plaisante histoire,
Notre galant renonce au marital métier,
Du célibat dès lors descend le gai sentier,
Et pour Momus laissant de Junon l'air sévère,
De méchant épouseur devient joyeux compère.

Son exemple est pour nous la leçon des leçons :
Soyons plutôt viveur si tel nous nous sentons.

Si du viveur l'emploi n'est pas fort nécessaire,
Ne faisant rien, du moins il omet de mal faire ;

Bien mieux qu'à l'art des vers, c'est au métier d'époux
Qu'on peut dire vraiment qu'il est le seul de tous
Que médiocrité ne se puisse permettre :
Ou ne point s'en mêler, ou bien le faire en maître ;
Dire époux demi-bien, c'est dire plus que mal,
Tout autant il vaudrait qu'il fût franc animal.
Certains salons bourgeois, en maris, ne sont guères
Du côté du bon ton, au-dessus des barrières,
Et le faubourg du moins a sa franche gaîté;

Mais du demi-bon ton quelle est l'indemnité?
Aussi femme craint moins mari vif qui s'emporte
Que de ces beaux messieurs la mine froide et morte.

Leçon Sixième.

SOMMAIRE.

Ne s'en point rapporter sur les questions de savoir SI L'ON A DE LA VOCATION ou SI TEL PARTI CONVIENT, à un cercle de grand'-mères. — Ne point consulter à tort et à travers, mais tout entendre. — Recourir dans l'embarras à un ami sensé.

Ne nous arrêtons point aux sucrés complimens
Qu'un amas quelquefois de bonnes grand'mamans
Nous glisse en ses boudoirs, fabriques d'hyménées :
Tel couple est assorti par ces belles menées

Qui, les prenant au mot et se réalisant,
Ne soutient pas trois mois d'hymen le joug pesant:

On sait de cent maris l'aventure tragique;
Parfaits en théorie ! et nuls à la pratique....

Eclairons notre choix de tout renseignement :
Un sot peut, par hasard, avoir un bon moment.
Quelque au cœur toutefois que le projet nous tienne,
N'allons pas à chacun débiter notre antienne ;
Gardons-nous d'imiter ces futurs enragés
Qui, de leur doux objet sans cesse assiégés,
Ne vous abordent point qu'aussitôt ils n'en fassent
Leur éternel sujet, tant qu'enfin ils vous chassent.
Heureux si vous pouvez trouver un coin obscur,
Où contre leur retour vous soyez assez sûr.

Je l'ai dit à l'époux, que le futur l'entende:
Il faut que la censure au besoin nous amende.
Mais ne nous rendons pas à tout premier combat :
Souvent la noire humeur d'un triste célibat
Fait qu'un esprit fâcheux en veut à notre rêve,
Blâme en ses plus beaux traits la douce fille d'Eve,
Dont nous l'entretenons; on l'a beau réfuter,
Et l'amener au point qu'il ne sait qu'objecter,

Il ne veut rien ouïr, ni voir qu'à sa manière,
Et croit que nous fermons les yeux à la lumière.
Ses conseils ne sont bons que si l'on en conclut
Que, faisant le contraire, on atteindra le but.

Faites choix d'un ami dont pour vous la tendresse
Ait, pour la seconder, une grande sagesse ;
Et dont la fermeté, dans l'objet de vos feux,
D'abord aille trouver le point défectueux :
Lui seul éclaircira vos craintes puériles,
Au besoin lèvera vos scrupules futiles :
C'est lui qui vous dira quel transport noble et grand
Jusqu'à la passion élève un sentiment,
Et lui permet dès lors, planant dedans la nue,
De perdre sans façon toutes règles de vue.
Mais ce parfait ami se trouve rarement ;
Tel s'est su marier qui ne peut seulement
Bien reconnaître auquel votre âme est destinée,
Ou du folâtre amour, ou du grave hyménée.

Leçon Septième.

SOMMAIRE.

C'est d'abord du bon sens qu'il faut chercher dans sa future Femme : — puis la cour qu'on lui fait doit être
sainte, sans jalousie, point exclusive de tous autres soins,
et surtout elle doit prendre sa source dans le culte de
l'Hymen et non dans celui de Plutus.

Futurs, voici surtout ce qu'il faut retenir :
Voulez-vous assurer en tout votre avenir,
Que de bons sens d'abord votre amante douée,
D'agrément cependant ne soit point dénuée ;
Un futur sage fuit un être sans raison ;
Le plaisir, en hymen, n'est point seul de saison.

Que votre âme et vos mœurs, dictant tous vos hommages
N'offrent jamais de vous que de nobles images :
Je ne puis estimer ces trop nombreux amans,
Dont la cour, du bon goût n'ayant nuls élémens,
Ne craint pas d'offenser une épouse future
Par des traits inconnus à toute flamme pure.

Ce n'est pas que je sois de ces gens scrupuleux,
Qui, ne distinguant pas naïf de graveleux,
Chassent tout mot brûlant d'un amoureux hommage,
Traitent d'empoisonneurs Saint-Preux et son langage;
L'amour le plus fiévreux, exprimé saintement,
N'excite point en nous de mauvais sentiment;
Saint-Preux m'a beau montrer Julie irrésistible,
Je l'accable en pleurant de mon blâme inflexible.

Mais l'amant de bon goût, dans ses propos de cour,
Ne surprend point aux sens le prix de son amour.
Le cœur seul est le but de son ardente-flamme;

Chérissez l'amour pur, nourrissez-en votre âme;
En vain de votre esprit le tour est gracieux,
L'amour n'est point donné par un cœur vicieux.

Fuyez, fuyez aussi cette âcre jalousie,
Des vulgaires amans affreuse frénésie;
Le véritable amour n'en est point torturé,
C'est un vice qui suit l'amour mal épuré.
Du chaste et noble cœur ce concurrent sans âme,
Contre lui dans le monde incessamment déclame,
L'appelle *platonique* et croit, pour l'égaler,
Ne pouvant se hausser, qu'il le doit ravaler.
Ne descendons jamais à de si tristes voies ;
Ce sont d'autres vainqueurs qu'hymen veut pour ses joies.

Que l'amour n'ait point seul toutes vos actions;
Soyez à vos amis, puis à vos fonctions :
C'est peu d'être charmant aux pieds d'une maîtresse,
Il faut ne point laisser tout le reste en détresse.

Surtout aimez d'amour : le sordide intérêt
De tout mauvais ménage est le fatal secret.
Je sais qu'un noble cœur peut, sans honte et sans crime,
Compter avant d'aimer, de crainte de l'abîme ;
Mais je ne puis souffrir ces hideux soupirans
Qui, sans goût pour l'amour, à l'or seul aspirans,

De leur tendresse font métier et marchandise,
Qu'ils vendent sans pudeur, et bénis par l'église.

Leçon Huitième.

SOMMAIRE.

Avant que de l'amour les charmantes douceurs,
Pénétrant les humains, eussent rempli les cœurs,
Les hommes n'avaient pas d'hymen d'autre teinture
Que celle qu'en donnait la grossière nature;
Le désir, n'admettant nulle assiduité,
S'imposait en brutal à la faible beauté :

Mais de l'amour enfin l'harmonieuse grâce
Sapa ces rudes mœurs, les fit changer de face :
Hors des bois, l'amour eut de sûrs et doux abris;
De l'un d'eux il marqua la place de Paris,
De Paris où, fixant un jour sa résidence,
Il verrait l'univers soumis à sa puissance.

Tels furent en naissant les actes de l'amour :
C'est de là qu'on répète en refrain, chaque jour
Et partout, que l'amour fit le monde à la ronde.
C'est aussi pour cela que la chronique abonde
En récits curieux de mainte invention
Qu'amour a faite. ainsi *la Navigation*. (1)

Celui dont tels étaient les premiers jeux d'enfance,
Devait grimper au ciel à première vacance :
Il eut des grands exploits le souffle inspirateur ,
D'Hercule triomphant il fut triomphateur;

(1) Chacun connaît le PREMIER NAVIGATEUR de Gessner.

Dans Homère, à l'amour on voit Pâris en proie
Faire battre les dieux, puis enfin périr Troie.
Théocrite, à son tour, en de gracieux chants,
De candides amours sut embellir les champs :
Sous mille aspects divers enfin, et tous aimables,
L'amour, se prodiguant aux mortels fort domptables ,
Partout les enivra de ses charmes vainqueurs,
Et sans peine fixa son pouvoir sur les cœurs.
De tant de doux bienfaits la Grèce pénétrée,
Garda surtout du dieu la mémoire sacrée :
Son beau climat aux cieux, en cent temples divers,
A sa gloire éternelle élevait des concerts.
Hélas ! mais à la fin l'or, que suit la misère,
Vint détrôner tous dieux, et seul régir la terre.
Il en voulait surtout au généreux amour ;
De mensonges grossiers il infecta sa cour;
Et partout enfantant mille infâmes manœuvres,
De trafic il souilla du dieu toutes les œuvres.

N'entrez, n'entrez jamais en un si vil complot !
Si l'or est à vos yeux le seul aimable lot,

N'aspirez point aux cœurs qu'amour habite encore,
Il n'est point du métal l'éclat qui les décore :
Aux plus tendres amans, pour prix de leurs efforts,
Amour ne promet rien qu'un cœur et ses transports.

Mais quoi, me dira-t-on, pût-on prendre à la lettre
Le régime d'eau fraîche, et gaîment s'y soumettre,

Encore faudrait-il que, du reste pourvu,
Un amant pût aller sans crainte d'être vu :
Abeillard, séduisant la charmante Héloïse,
N'a pas l'accoutrement d'un pauvre rat d'église,
Et libre du souci qui mord l'étudiant,
N'attend pas sa toilette à l'autre envoi d'argent.

Il est vrai, mais enfin cette affreuse détresse
De tailleurs rarement afflige la jeunesse ;
Et puis combien de fois vingt ans et du malheur.
Pour peu qu'on fût artiste, ont su trouver un cœur
Qui, par des yeux touchans, disait : *Allons, courage !*
Quelque travail encor ; le port après l'orage.

Amans, c'est dans ce cœur, c'est dans ces yeux touchans
Que sont toutes leçons, et non point dans mes chants.
Que par eux Béranger, de sa lyre muette
Réchauffant les accens, retrouve sa Lisette ;
Qu'ils soient à Lamartine un doux port de bonheur
Où coule harmonieux le secret de son cœur ;

Que, popularisant leurs grâces ineffables,
Paul de Kock les raconte aux grisettes aimables,
Que Sue en fasse part au monde des grands airs,
Qu'ils brillent chez Janin de mille et mille éclairs;
Mais à quelle âme ardente autre que celle même
A qui ce cœur, ces yeux ont répondu : *Je t'aime*,
Serait-il réservé de peindre, en ses accens,
Tout ce qu'en elle ils font naître de mouvemens;
Les désirs de se voir, les troubles pleins de charmes
De ce moment venu, puis ses feux, puis les larmes
Quand il faut se quitter.... Oui, seul, Pétrarque a pu
Chanter Eléonore autant qu'il était dû.

Mais pendant que je parle, une faveur nouvelle
Peut-être en ce moment tout bouillant vous appelle,
On a déjà pour vous déployé maint atour,
Et j'entends de lenteur accuser votre amour.
L'on forme de dépit un plan de bouderie
Qui se fond tout de suite en douce rêverie;

Puis l'œil inquiet court de l'heure à l'horizon.
Trois minutes de tard !... Quel grand trouble raison !
En de si courts instans, combien d'alternatives
Et de crainte et d'espoir; que d'émotions vives!

Allez, heureux futur, allez, par vos transports,
Mériter tant d'amour et réparer mes torts.

Le vieux Romantique à ses jeunes Amis.

Pour vous, mes jeunes fous, dont le gai persifflage
D'étourdis quolibets poursuit le mariage,
Vous rirez moins un jour de ce long célibat
Qui chez moi le médite en affaire d'état :
C'est quand vous me verrez, à l'heure solennelle
Où vous aborderez cette mer éternelle,
Dont les dangers sont grands, mais aussi glorieux,
Vous animer du moins de la voix et des yeux,

Vous aider de la rive à lancer l'équipage,
Et de mes vœux ardens éloigner le naufrage.
Vous m'aimerez alors, amis, de votre part,
D'avoir voulu, pour vous, laisser moins au hasard
La route, et sans trop voir que l'entreprise est folle,
Pour répondre à mon cœur vous prendrez ma *bousssole*.

FIN.

EXTRAIT DU CATALOGUE

DE

CHARPENTIER,

LIBRAIRE,

Palais-Royal, galerie d'Orléans, n. 7.

LA SCIENCE POPULAIRE

DE

CLAUDIUS,

36 Volumes in-32, format anglais.

I. Sur le poids de la masse de l'Air, 1 vol.
avec 17 fig.   75 c.

II. De la composition de l'Air, 1 vol. avec
3 fig. 60 c.

III. Vie et Voyages de Christophe Colomb.
1 vol. avec une planche. 1 fr.

IV. Sur les variations de l'histoire. 1 vol.
60 c.

V. Histoire de l'Electricité, 1re partie, t. 1,
1 vol. avec 12 fig. 1 fr.

VI. Histoire de l'Électricité, 2e partie, t. 2.
1 vol. avec 6 fig. 1 fr.

VII. Voyage à Tombouctou. 1 vol. 75 c.

VIII. Histoire de la Bible. 1 vol. 1 fr.

IX. Les Espagnols en Amérique. 1 vol.
75 c.

X. Histoire de la Terre. 1 vol. 60 c.

XI. Histoire des Francs, de Grégoire de
Tours. 1 vol. 75 c.

XII. Sur la Botanique. 1 vol. avec un ta-
bleau.   75 c.

XIII. Sur la vie de Franklin. 1 vol.   1 fr.

XIV. Sur les premiers Voyages autour du
Monde; Voyages de Magellan et de Dra-
ke. 1 vol. avec une carte.   1 fr.

XV. Deuxième expédition du capitaine
Ross dans les mers arctiques. 1 vol. de
plus de 300 pages.   1 fr. 20 c.

XVI. Sur l'Hygiène. 1 vol.   60 c.

XVII. Sur une lecture de la Bible. 1 vol.
                                             75 c.

XVIII. Chemins de fer et Voitures à va-
peur. 1 vol. avec fig. et deux grandes
planches gravées sur cuivre.   1 fr.

XIX. Histoire de l'Electricité. 2e partie;
Galvanisme. 1 vol. avec fig.   1 fr.

XX. Voyage de Marco Polo dans le 13e
siècle. 1 vol.   1 fr.

XXI. De la composition de l'Eau. 1 vol. avec fig. 60 c.

XXII. Sur les Aérostats. 1 vol. 60 c.

XXIII. Sur l'Éclairage au Gaz. 1 vol. avec fig. 60 c.

XIV. Sur la Lampe de Sûreté. 1 vol. avec fig. 60 c.

XXV. Sur la Structure du Corps humain. 1 vol. avec planches. 1 fr. 20 c.

XXVI. Voyage de La Pérouse autour du Monde. 1 vol. 1 fr.

XXVII. Sur les Cristaux. 1 vol. avec fig. 60 c.

XXVIII. Mémoires du sire de Joinville. 1 vol. 75 c.

Imprim. de Mme DELACOMBE, rue d'Enghien, 12.

www.ingramcontent.com/pod-product-compliance
Ingram Content Group UK Ltd.
Pitfield, Milton Keynes, MK11 3LW, UK
UKHW020949140726
13695UKWH00003B/1313